Khalil Gibran
Der Prophet

SERIE PIPER

Khalil Gibran, 1883 im Libanon geboren, emigrierte nach Wanderjahren in Europa 1910 in die USA, wo er sich als Maler und Dichter vor allem der Erneuerung der arabischen Literatur und der Versöhnung der Kulturen widmete. 1923 veröffentlichte er auf englisch sein berühmtestes Buch »Der Prophet«. Khalil Gibran starb 1931.

Khalil Gibran
Der Prophet

Aus dem Amerikanischen von
Barbara Röhl

Piper München Zürich

Diese Übersetzung folgt der Ausgabe:
London 1991, Mandarin Paperback

Neuübersetzung
1. Auflage Oktober 2002
2. Auflage März 2003

Umschlag/Bildredaktion: Büro Hamburg
Isabel Bünermann, Julia Martinez/
Charlotte Wippermann, Katharina Oesten
Umschlagabbildung: Keyvan Behpour/photonica
Gesamtherstellung: Clausen & Bosse, Leck
Printed in Germany ISBN 3-492-23787-8

www.piper.de

Inhalt

Die Ankunft des Schiffes

Zwölf Jahre hatte Almustafa, der Auserwählte und Geliebte, ein Morgenlicht seiner Zeit, in der Stadt Orfalis auf die Ankunft seines Schiffes gewartet, das zurückkehren und ihn wieder auf die Insel seiner Geburt führen sollte.

Dann, im zwölften Jahr, am siebten Tag des Erntemonats Jelul, erstieg er den Hügel außerhalb der Stadtmauern, schaute seewärts und erblickte sein Schiff, das der Nebel herantrug.

Da flogen die Tore seines Herzens auf, und seine Freude strömte weit über das Meer. Er schloß die Augen und betete in der Stille seiner Seele.

Doch als er den Hügel hinabstieg, überkam ihn Trauer, und er dachte bei sich:

»Wie soll ich in Frieden und ohne Kummer scheiden? Nein, nicht ohne eine Wunde in meiner Seele werde ich diese Stadt verlassen.

Lang waren die leidvollen Tage, die ich in ihren Mauern verbracht habe, und lang die einsamen

Nächte; und wer läßt schon ohne Bedauern seinen Schmerz und seine Einsamkeit hinter sich?

Zu viele Splitter des Geistes habe ich in diesen Straßen verstreut, zu zahlreich sind die Kinder meiner Sehnsucht, die nackt zwischen diesen Hügeln wandeln, als daß die Trennung mir nicht eine Bürde und Pein wäre.

Nicht ein Gewand werfe ich heute ab, sondern eine Haut, die ich mir mit meiner eigenen Hand herunterreiße.

Nicht einen bloßen Gedanken lasse ich hinter mir, sondern ein Herz, das erst Hunger und Durst mit Süße erfüllt haben.

Doch ich darf nicht mehr zaudern.

Der Ozean, der alle Dinge zu sich zieht, ruft nach mir, und ich muß mich einschiffen.

Denn zu bleiben hieße erfrieren; hieße zu Kristall erstarren und an eine Form gefesselt zu sein, wenngleich die Nachtstunden brennen.

Könnte ich doch alles, was hier ist, mit mir nehmen. Doch wie wäre das möglich?

Eine Stimme vermag die Zunge und Lippen, die ihr Flügel verliehen, nicht mit sich zu tragen. Allein muß sie die Lüfte suchen.

Allein und ohne sein Nest wird der Adler zur Sonne aufsteigen.«

Als er nun den Fuß des Hügels erreichte, wandte er sich zum Meer. Er sah, wie sein Schiff sich dem Hafen näherte, an dessen Bug Matrosen standen, Männer aus seinem eigenen Land.

Und seine Seele rief sie an, und er sprach:

»Söhne meiner uralten Mutter, ihr Bezwinger der Gezeiten,

Wie oft seid ihr in meine Träume gesegelt. Und nun tretet ihr in mein Erwachen zu mir, das mir ein tieferer Traum ist.

Bereit bin ich zum Aufbruch, und meine Ungeduld erwartet unter gesetzten Segeln den Wind.

Nur noch ein Atemzug in dieser stillen Luft, und noch ein Blick zurück voller Liebe, und dann bin ich unter euch, ein Seefahrer unter seinesgleichen.

Und du, weite See, schlafende Mutter,

Die allein dem Fluß und dem Strom Frieden und Freiheit schenkt ...

Nur eine Biegung will dies Wasser hier noch beschreiben, nur noch einmal durch diese Lichtung murmeln,

Dann komme ich zu dir, ein unendlicher Tropfen zu einem grenzenlosen Ozean.«

Wie er so einherging, sah er aus der Ferne, daß Männer und Frauen ihre Felder und Weingärten verließen und zu den Stadttoren eilten.

Und er hörte, wie sie seinen Namen schrien, sich von Feld zu Feld anriefen und einander von der Ankunft seines Schiffes berichteten.

Da sagte er bei sich:

»Sollte der Tag des Abschieds zum Tag werden, an dem wir uns finden?

Wäre es möglich, daß mein Abendschein in Wahrheit mein Morgenrot ist?

Aber was habe ich dem zu geben, der seinen Pflug auf der Hälfte der Furche verlassen hat, oder dem, der das Rad seiner Weinkelter anhielt?

Soll mein Herz zu einem Baum werden, schwer beladen mit Früchten, die ich pflücken und wegschenken kann? Oder meine Sehnsucht strömen wie ein Quell, auf daß ich ihre Becher fülle?

Bin ich denn eine Harfe, daß die Hand des Höchsten mich spielen, oder eine Flöte, daß Sein Atem durch mich fließen könnte?

Ein Suchender der Stille bin ich. Aber habe ich denn in der Stille einen Schatz gefunden, den ich mit Zuversicht herschenken könnte?

Wenn dies der Tag ist, an dem ich meine Ernte einbringe, auf welchen Feldern habe ich dann die Saat ausgebracht, in welchen Jahreszeiten, an die ich mich nicht erinnere?

Sollte dies wahrhaft die Stunde sein, in der ich meine Laterne hochhalte, dann wird nicht mein Licht darin brennen.

Leer und dunkel werde ich meine Lampe heben,

Und der Wächter der Nacht wird sie mit Öl füllen und anzünden.«

Dies sprach er laut aus. Aber vieles in seinem Herzen blieb ungesagt, denn er selbst vermochte sein tiefstes Geheimnis nicht in Worte zu fassen.

Als er die Stadt betrat, strömten alle Menschen ihm entgegen und riefen ihn wie mit einer einzigen Stimme an.

Und die Stadtältesten traten vor und baten:

»Geh noch nicht von uns. In unserer Dämmerung warst du die helle Mittagsstunde und deine Jugend hat uns Träume zu träumen geschenkt.

Nicht Fremder oder Gast bist du unter uns, sondern unser Sohn und zärtlich Geliebter.

Laß noch nicht zu, daß unsere Augen nach deinem Antlitz hungern.«

Und die Priester und Priesterinnen sagten zu ihm:

»Erlaube nicht, daß die Wellen der See uns jetzt trennen und die Jahre, die du in unserer Mitte verbrachtest, zur bloßen Erinnerung werden.

Deine Seele ist unter uns gewandelt, und dein Schatten hat ein Licht auf unser Antlitz geworfen.

Groß war unsere Liebe zu dir, doch sprachlos und von Schleiern verhüllt. Nun ruft sie laut nach dir und möchte sich dir offenbaren.

So war es immer: Erst in der Stunde der Trennung erkennt die Liebe ihre Tiefe.«

Auch andere kamen und flehten ihn an. Doch er antwortete ihnen nicht, sondern neigte nur das Haupt, und wer bei ihm stand, sah die Tränen auf seine Brust tropfen.

Zusammen mit dem Volk schritt er zu dem großen Platz vor dem Tempel.

Und aus dem Heiligtum trat eine Frau mit Namen Almitra, eine Seherin.

Voller Zuneigung sah er sie an, denn sie hatte ihn als erste aufgesucht und an ihn geglaubt, damals, an seinem ersten Tag in der Stadt.

Sie grüßte ihn und hob an:

»Prophet Gottes, der du nach dem Allerhöchsten forschst, lang hast du in der Ferne Ausschau nach deinem Schiff gehalten.

Und nun ist dein Schiff gekommen und du mußt fort.

Tief ist deine Sehnsucht nach dem Land deiner Erinnerungen, dem Platz deiner ureigensten Wünsche, und unsere Liebe will dich weder fesseln, noch sollen unsere Nöte dich zurückhalten.

Doch um eins bitten wir dich, ehe du uns verläßt: Sprich zu uns und schenk uns von deiner Wahrheit.

Wir wollen sie an unsere Kinder weitergeben, und diese wiederum an ihre Kinder, und sie soll nicht untergehen.

In deiner Einsamkeit hast du Tagwache mit uns gehalten und in deiner Nachtwache gelauscht, wie wir in unserem Schlaf lachten und weinten.

Daher öffne dich uns jetzt und berichte, was dir über die Spanne zwischen Geburt und Tod enthüllt wurde.«

Und er antwortete:

»Leute von Orfalis, wovon kann ich reden, wenn nicht von dem, was in diesem Moment eure Seelen bewegt?«

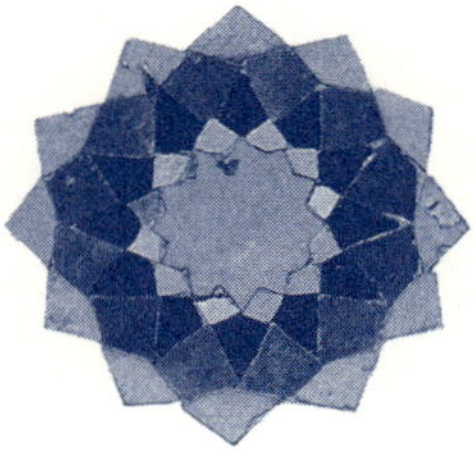

Von der Liebe

»Dann sprich zu uns von der Liebe«, sagte Almitra.

Er hob den Kopf und sah auf die Menschen, und Schweigen senkte sich über sie. Und er setzte mit lauter Stimme an:

»Wenn die Liebe euch ruft, folgt ihr,

Wenngleich ihre Wege steinig und steil sind.

Und wenn sie euch umfängt, ergebt euch,

Auch wenn das Schwert, das ihre Umarmung birgt, euch verwundet.

Glaubt ihr, wenn sie zu euch spricht,

Wenngleich ihre Stimme eure Träume zerschmettern mag wie der Nordwind, der den Garten verwüstet.

Denn ebenso, wie die Liebe euch krönt, so wird sie euch kreuzigen. Sie fördert euer Wachstum, aber sie stutzt euch auch zurecht.

Wie sie sich bis zu euren Wipfeln hinaufschwingt und eure zartesten Zweige liebkost, die in der Sonne beben,

So steigt sie auch zu euren Wurzeln hinab und rüttelt sie, wo sie sich an den Boden klammern.

Wie Korngarben sammelt sie euch.

Sie drischt euch, um euch zu entblößen,

Sie siebt euch, um euch von der Spreu zu befreien,

Sie mahlt euch zu blütenweißem Staub.

Die Liebe knetet euch, bis ihr gefügig seid,

Und überantwortet euch dann ihrem heiligen Feuer, auf daß ihr heiliges Brot zu Gottes heiligem Festmahl werdet.

All dies tut die Liebe mit euch, damit ihr die Geheimnisse eures Herzens erkennt und in diesem Wissen Anteil am Herzen des Lebens selbst habt.

Aber wenn ihr aus Furcht vor der Liebe in ihr nur Frieden und Wollust sucht,

Dann solltet ihr eure Blöße bedecken und von der Dreschtenne der Liebe

In die Welt ohne Jahreszeiten ziehen, wo ihr lachen werdet, aber nicht aus vollem Herzen, und weinen, aber nicht aus tiefster Seele.

Die Liebe gibt nichts als sich selbst und schöpft nur aus sich selbst.

Sie strebt nicht nach Besitz, noch will sie selbst Besitz sein,

Denn die Liebe ist sich selbst genug.

Wenn ihr liebt, sollt ihr nicht sagen: ›Gott ist in meinem Herzen‹, sondern ›ich bin im Herzen Gottes.‹

Und glaubt nicht, ihr könntet den Lauf der Liebe lenken, denn wenn die Liebe euch für würdig erachtet, bestimmt sie euren Weg.

Die Liebe kennt keine andere Sehnsucht, als sich selbst zu erfüllen.

Doch wenn ihr liebt und das Wünschen nicht lassen könnt, dann strebt nach folgendem:

Dahinzuschmelzen und zu einem leise dahinplätschernden Bach zu werden, der in der Nacht sein Lied singt.

Den Schmerz übergroßer Zärtlichkeit zu erfahren.

Verwundet zu werden durch das Verstehen der Liebe

Und willig und freudig zu bluten.

Beim Morgengrauen mit beschwingtem Herzen zu erwachen und zu danken für einen weiteren Tag der Liebe,

Zur Mittagsstunde zu rasten und über die Verzükkung der Liebe zu sinnen,
Des Abends voller Dankbarkeit heimzukehren,
Und dann zu schlummern, ein Gebet für das geliebte Wesen im Herzen und ein Loblied auf den Lippen.«

Von der Ehe

Da ergriff Almitra abermals das Wort und fragte: »Und was ist mit der Ehe, Meister?«

Und er antwortete und sprach:

»Ihr seid gemeinsam geboren und werdet in Ewigkeit beisammen sein.

Zusammen werdet ihr sein, wenn die weißen Schwingen des Todes eure Tage scheiden.

Ja, sogar im schweigenden Gedächtnis Gottes.

Aber laßt einander Raum.

Laßt die Winde des Himmels zwischen euch tanzen.

Liebt einander, doch seht zu, daß diese Liebe keine Fessel wird,

Sondern eine wogende See zwischen den Stränden eurer Seelen.

Schenkt einander ein, aber trinkt nicht aus demselben Becher.

Gebt euch von eurem Brot, aber eßt nicht vom selben Laib.

Singt und tanzt und seid fröhlich zusammen, doch bleibt zugleich für euch,

So wie die Saiten einer Laute, die getrennt sind und doch unter derselben Musik schwingen.

Gebt eure Herzen, aber nicht in die Obhut des anderen.

Denn allein in der Hand des Lebens liegen eure Herzen.

Steht zueinander, aber nicht zu nahe beieinander.

Denn auch die Säulen des Tempels sind jede für sich,

Und Eichen und Zypressen gedeihen nicht im Schatten des anderen.«

Von den Kindern

»Sprich zu uns über die Kinder«, bat eine Frau, die einen Säugling an ihre Brust drückte.

Und er sagte:

»Eure Kinder sind nicht eure Kinder.

Sie sind die Söhne und Töchter der Sehnsucht des Lebens nach sich selbst.

Sie treten durch euch in die Welt, aber nicht aus euch,

Und obgleich sie bei euch sind, gehören sie euch doch nicht.

Ihr dürft ihnen eure Liebe geben, aber nicht eure Gedanken,

Denn sie haben ihre eigenen.

Ihrem Körper dürft ihr ein Haus schenken, aber nicht ihren Seelen,

Denn diese wohnen im Haus des *Morgen*, das ihr selbst in euren Träumen nicht zu betreten vermögt.

Ihr mögt danach streben, wie sie zu sein, doch versucht nicht, sie euch gleich zu machen,

Denn das Leben schreitet weder zurück noch verharrt es im Gestern.

Ihr seid die Bogen, die eure Kinder als lebendige Pfeile verlassen.

Der Schütze visiert das Ziel auf dem Pfad der Unendlichkeit an. Er beugt euch mit Seiner Macht, auf daß Seine Pfeile rasch und weit fliegen.

Laßt euch froh durch die Hand des Bogenschützen biegen,

Denn Er liebt den standhaft verharrenden Bogen, ebenso wie den davonschnellenden Pfeil.«

Vom Geben

»Sprich zu uns vom Geben«, sagte ein Reicher.

Und er antwortete:

»Ihr gebt nur wenig, wenn ihr nur von eurem Besitz gebt.

Nur wenn ihr von euch selbst schenkt, dann gebt ihr wirklich.

Denn was ist euer Besitz mehr als Dinge, die ihr aufbewahrt und hortet, aus Furcht, ihr könntet sie morgen benötigen?

Doch was hält das Morgen bereit für den zaghaften Hund, der den Pilgern in die Heilige Stadt folgt und im weglosen Sand Knochen vergräbt?

Und was ist die Angst vor Not anderes als die Not selbst?

Ist nicht die Furcht zu dürsten, während euer Brunnen noch gefüllt ist, der unstillbarste Durst?

Manch einer gibt wenig von dem vielen, das er besitzt, und auch das nur um der Anerkennung willen, und sein verborgener Wunsch wird die Gabe verderben.

Und andere haben wenig und schenken alles her.

Dies sind die Menschen, die an das Leben und die Überfülle des Lebens glauben. Ihre Truhe wird niemals leer sein.

Wieder andere geben mit Freude, und diese Freude ist ihr Lohn.

Manch einer gibt unter Schmerzen, und dieser Schmerz läutert ihn.

Und schließlich sind da die Menschen, die geben und dabei weder Schmerz empfinden noch Freude suchen noch in Gedanken an ihre Tugend geben.

Diese geben so, wie dort im Tal die Myrte ihren Duft verströmt.

Durch die Hände solcher Menschen spricht Gott, und durch ihre Augen lächelt Er auf die Erde herab.

Gut ist zu geben, wenn man darum gebeten, besser aber, ungebeten zu geben, aus eigener Einsicht.

Für den Freigebigen ist die Suche nach einem, der seine Gabe empfangen soll, eine größere Freude als das Geben.

Was wolltet ihr auch für euch aufsparen? Alles, was ihr besitzt, wird eines Tages dahingehen.

Darum gebt jetzt, auf daß die Zeit des Gebens die eure sei und nicht die eurer Erben.

Oft sagt ihr: ›Ich möchte schon geben, aber nur dem, der es verdient.‹

Die Bäume in eurem Obstgarten sprechen nicht so, auch nicht die Herden auf eurer Weide.

Sie geben, um zu leben, denn zu horten wäre ihr Verderben.

Wer würdig ist, seine Tage und Nächte zu empfangen, der ist auch all eurer Gaben wert.

Und wer verdient, aus dem Ozean des Lebens zu trinken, der verdient auch, seine Schale aus eurem kleinen Bach zu füllen.

Welche Wüste könnte weiter sein als der Raum, der im Mut und Vertrauen, ja der Barmherzigkeit des Empfangens liegt?

Denn wer seid ihr, daß Menschen sich ihr Gewand zerreißen und ihren Stolz enthüllen sollen, damit ihr ihre Würde nackt und ihren Stolz entblößt seht?

Seht zunächst zu, daß ihr selbst würdig seid, ein Gebender zu sein und ein Werkzeug des Gebens.

Denn wahrhaftig, das Leben schenkt dem Leben, während ihr, die ihr euch für Gebende haltet, nur Zuschauer seid.

Und ihr Empfangenden – und das seid ihr alle –, nehmt nicht die Last der Dankbarkeit auf, sonst legt ihr ein Joch auf eure Schultern und die eures Wohltäters.

Lieber erhebt euch gemeinsam mit dem Gebenden auf den Schwingen seiner Gaben;

Denn übermäßig eurer Schuld bedacht zu sein, hieße an seiner Großzügigkeit zweifeln, deren Mutter doch die freigebige Erde und deren Vater Gott sind.«

Vom Essen und Trinken

Ein alter Mann, Wirt eines Gasthauses, sagte:
»Sprich zu uns vom Essen und Trinken.«
Und er antwortete:
»Könntet ihr nur allein vom Duft der Erde leben, oder euch wie eine Luftpflanze vom Licht der Sonne erhalten!
Doch da ihr nun einmal töten müßt, um zu essen, und das Neugeborene der Milch seiner Mutter berauben, um euren Durst zu stillen, so tut dies in einem Akt der Andacht.
Betrachtet eure Tafel als Altar, auf dem die reinen und unschuldigen Kreaturen des Waldes und Feldes geopfert werden, um dessentwillen, was im Menschen noch reiner und unschuldiger ist.

Wenn ihr ein Tier tötet, so sagt im Herzen zu ihm:
›Dieselbe Macht, die dich tötet, wird auch mich fällen, und auch ich werde verzehrt werden.
Denn das Gesetz, das dich in meine Hand gab, wird mich selbst in eine noch mächtigere geben.

Dein Blut und mein Blut sind nichts als der Saft, der den Baum des Himmels nährt.‹

Und wenn ihr einen Apfel zwischen euren Zähnen zerkaut, sagt in eurem Herzen zu ihm:

›Deine Samen werden in meinem Körper weiterleben,

Und die Knospen deines Morgens sollen in meinem Herzen aufblühen,

Dein Duft wird mein Atem sein,

Und gemeinsam wollen wir uns an den Jahreszeiten erfreuen.‹

Und im Herbst, wenn ihr die Trauben aus euren Weingärten für die Kelter lest, sagt in eurem Herzen:

›Auch ich bin ein Weinberg, und meine Früchte werden für die Kelter gelesen,

Und wie junger Wein werde ich in ewigen Gefäßen aufbewahrt werden.‹

Und wenn ihr im Winter den Wein zapft, dann laßt in eurem Herzen für jeden Becher ein Lied erklingen;

Und darin soll eine Erinnerung an die Herbsttage sein, an den Weinberg und an die Kelter.«

Von der Arbeit

»Sprich zu uns von der Arbeit«, sagte da ein Bauer.

Und er antwortete und sprach:

»Ihr arbeitet, um Schritt mit der Erde und der Seele der Erde zu halten.

Denn Müßigsein bedeutet, sich den Jahreszeiten zu entfremden und aus dem Lauf des Lebens hinauszutreten, das majestätisch und in stolzer Unterwerfung in die Unendlichkeit schreitet.

Wenn ihr arbeitet, seid ihr eine Flöte, in deren Herz das Flüstern der Stunden zu Musik wird.

Wer von euch möchte schon ein Schilfrohr sein, stumm und still, während alles andere im Einklang miteinander singt?

Stets hat man euch gesagt, Arbeit sei Fluch und Mühsal ein Unglück.

Ich aber sage euch, wenn ihr arbeitet, erfüllt ihr euren Teil am höchsten Traum der Erde, der euch anvertraut wurde, als dieser Traum entstand,

Und wenn ihr euch den Mühen stellt, liebt ihr das Leben wahrhaftig,

Denn das Leben durch die Arbeit lieben heißt, mit dem tiefsten Geheimnis des Lebens vertraut zu werden.

Doch wenn ihr in eurem Schmerz die Geburt ein Leiden nennt, und die Mühen des täglichen Lebens einen Fluch, der auf eure Stirn geschrieben ist, so antworte ich, daß nur der Schweiß auf eurer Stirn das Geschriebene abwaschen kann.

Man hat euch auch gesagt, das Leben sei Finsternis, und in eurer Schwäche sprecht ihr den Schwachen nach.

Aber ich sage, daß in Wahrheit das Leben dunkel ist ohne Verlangen,

Und alles Verlangen blind ohne Wissen,

Und jedes Wissen eitel ohne Arbeit,

Und alle Arbeit leer ohne Liebe.

Doch wenn ihr mit Liebe arbeitet, dann bindet ihr euch an euch selbst, aneinander, und an Gott.

Und was heißt das, mit Liebe zu arbeiten?

Es heißt, das Tuch mit Fäden zu weben, die aus

eurem Herzen kommen, so, als sollte euer Geliebter dieses Tuch tragen.

Es heißt, ein Haus mit Hingabe zu bauen, gerade so, als sollte euer Geliebter in diesem Haus wohnen.

Es heißt, die Saat voller Zärtlichkeit zu säen und die Ernte mit Freuden einzubringen, so, als sollte euer Geliebter die Feldfrüchte verzehren.

Es heißt, alle Dinge, die ihr erschafft, mit einem Hauch eures eigenen Geistes zu umgeben,

Und eingedenk zu sein, daß alle seligen Verstorbenen um euch stehen und euch zusehen.

Oft habe ich euch sagen hören, als sprächt ihr im Schlaf:

›Derjenige, der in Marmor arbeitet, und im Stein die Gestalt seiner eigenen Seele findet, ist edler als derjenige, der den Boden pflügt.

Und wer den Regenbogen ergreift, um ihn als Abbild des Menschen auf eine Leinwand zu bannen, ist mehr als derjenige, der die Sandalen für unsere Füße anfertigt.‹

Ich aber sage – nicht im Schlaf, sondern in der Wachheit der Mittagsstunde –, daß der Wind nicht sanfter zu den gewaltigen Eichen spricht als zum geringsten der Grashalme;

Und daß allein derjenige groß ist, der die Stimme des Windes in ein Lied verwandelt, das durch seine Liebe noch wohltönender wird.

Arbeit ist Liebe, sichtbar gemacht.

Und wenn ihr nicht mit Liebe zu arbeiten vermögt, sondern nur voller Widerwillen, dann laßt besser eure Arbeit sein, setzt euch an das Tor des Tempels und nehmt Almosen von jenen, die mit Freude arbeiten.

Denn wenn ihr das Brot gleichgültig backt, dann backt ihr ein bitteres Brot, das den Hunger der Menschen nur zur Hälfte stillt.

Und wenn ihr unwillig die Trauben preßt, dann träufelt euer Unwille ein Gift in den Wein.

Und wenngleich ihr wie Engel singt, aber keine Liebe in eurem Gesang liegt, so macht ihr die Ohren der Menschen taub für die Stimmen des Tages und die Stimmen der Nacht.«

Von Freude und Leid

Dann sagte eine Frau: »Sprich zu uns von Freude und Leid.«

Und er antwortete:

»Eure Freude ist euer Leid, das sich ohne seine Maske zeigt.

Und derselbe Brunnen, aus dem euer Lachen aufsteigt, war oftmals mit euren Tränen gefüllt.

Wie könnte es auch anders sein?

Je tiefer sich das Leid in euer Wesen gräbt, um so mehr Freude könnt ihr umschließen.

Ist nicht der Becher, der euren Wein enthält, derselbe Becher, der im Ofen des Töpfers gebrannt wurde?

Und ist nicht die Laute, die euer Gemüt besänftigt, aus demselben Holz, das mit Messern geschnitzt wurde?

Wenn ihr froh seid, dann schaut tief in euer Herz, und ihr werdet sehen, daß nur das, was euch einst Schmerz bereitet hat, euch auch Freude schenkt.

Wenn ihr betrübt seid, schaut wiederum in euer

Herz, und ihr werdet sehen, daß ihr in Wahrheit um etwas weint, das einst eure Freude war.

Manche von euch sagen: ›Freude ist größer als Leid‹, und andere sagen: ›Nein, das Leid ist größer.‹

Ich aber sage euch, daß die beiden untrennbar sind.

Sie kommen gemeinsam, und wenn einer der zwei allein mit euch an eurem Tisch sitzt, dann denkt daran, daß der andere schlafend auf eurem Bett liegt.

Wahrhaftig, ihr schwebt wie Waagschalen zwischen eurem Leid und eurer Freude.

Nur wenn ihr leer seid, steht ihr still und befindet euch im Gleichgewicht.

Wenn der Hüter des Schatzes euch in die Höhe hält, um Sein Gold und Sein Silber zu wägen, muß zwangsläufig entweder eure Freude oder euer Leid steigen oder fallen.«

Von den Häusern

Da trat ein Baumeister vor und sagte: »Sprich zu uns von den Häusern.«

Und er antwortete und hob an:

»Ehe ihr ein Haus innerhalb der Stadtmauern baut, errichtet zuerst in eurer Vorstellung eine Laube in der Wildnis. Denn so, wie ihr in eurer Dämmerung heimkehrt, so kehrt der Wanderer in euch heim, der ewig Ferne und Einsame.

Euer Haus ist die Erweiterung eures Körpers.

Es wächst in der Sonne und schläft in der Stille der Nacht; und es ist nicht ohne Träume. Glaubt ihr etwa nicht, daß euer Haus träumt, im Traum die Stadt verläßt und sich zu Hain und Hügel begibt?

Ich wollte, ich könnte eure Häuser in meiner Hand sammeln und sie über Wald und Weide ausstreuen.

Wären doch die Täler eure Straßen und die grünen Pfade eure Gassen, auf daß ihr einander in den Weingärten sucht und den Duft der Erde in euren Gewändern tragt.

Doch dazu ist die Zeit noch nicht reif.

In ihrer Angst haben eure Ahnen euch zu nahe zusammengedrängt. Und diese Furcht wird noch eine Zeitlang währen, wird eure Stadtmauern, euren Herd und eure Felder trennen.

Und sagt mir, Leute von Orfalis, was bewahrt ihr in diesen Häusern auf? Was hütet ihr hinter verschlossenen Türen?

Habt ihr Frieden, den ruhigen Drang, der eure Kraft offenbart?

Habt ihr Erinnerungen, jene schimmernden Bögen, die die Gipfel des Geistes umspannen?

Habt ihr Schönheit, die das Herz von Dingen aus Holz und Stein zum heiligen Berg führt?

Sagt mir, habt ihr all dies in euren Häusern?

Oder habt ihr nur Bequemlichkeit und das Verlangen nach Bequemlichkeit, dieses Wesen, das verstohlen als Gast ins Haus tritt und sich dann zum Gastgeber und Hausherrn aufschwingt?

Ja, sie zähmt euch und macht mit Haken und Fesseln eure höheren Sehnsüchte zu Marionetten.

Ihre Hände sind aus Seide, doch ihr Herz aus Eisen.

Sie lullt euch in den Schlaf, nur, um an eurem Lager zu stehen und die Würde eures Fleisches zu verhöhnen. Sie spottet eurer gesunden Sinne und packt sie in Watte wie zerbrechliche Gefäße.

Wahrhaftig, das Verlangen nach Bequemlichkeit mordet die Leidenschaft der Seele und schreitet dann grinsend beim Leichenbegängnis mit.

Aber ihr, Kinder der Erde, die ihr selbst in eurer Ruhe rastlos seid, ihr werdet euch weder fangen noch zähmen lassen.

Euer Haus soll euch kein Anker sein, sondern ein Mast.

Kein dünner Belag, der eine Wunde bedeckt, sondern ein Lid, das das Auge behütet.

Ihr sollt weder eure Flügel einfalten, damit ihr durch Türen paßt, noch eure Häupter beugen, um nicht gegen eine Decke zu stoßen, noch zu atmen fürchten, damit die Wände nicht bersten und einstürzen.

Ihr sollt nicht in Gräbern wohnen, welche die Toten für die Lebenden errichtet haben.

Und wenn euer Haus auch prachtvoll und herrlich sein mag, so kann es weder euer Geheimnis bergen noch eurer Sehnsucht Schutz gewähren.

Denn das, was in euch grenzenlos ist, wohnt im Palast des Himmels, dessen Tür der Morgennebel ist und dessen Fenster die Lieder und die Stille der Nacht.«

Von der Kleidung

Und ein Weber sagte: »Sprich zu uns von den Kleidern.«

Und er antwortete:

»Eure Kleider verbergen viel von eurer Schönheit, und doch verstecken sie das Unschöne nicht.

Obgleich ihr in Gewändern die Freiheit der eigenen Persönlichkeit sucht, könnt ihr fühlen, daß sie ein Zaum und eine Kette sind.

Könntet ihr doch Sonne und Wind mit mehr Haut und weniger Stoff begegnen!

Denn im Sonnenlicht liegt der Atem des Lebens, und im Wind die Hand des Lebens.

Manche von euch sagen: ›Der Nordwind hat die Kleider, die wir tragen, gewebt.‹

Und ich sage: Ja, das war der Nordwind.

Doch Scham war sein Webstuhl, und die weichen Sehnen sein Garn.

Und als sein Werk vollendet war, lachte er im Wald.

Vergeßt nicht, daß Schamgefühl ein Schild gegen den Blick des Unreinen ist.

Doch wenn einst das Unreine nicht mehr ist, was wäre Scham dann anderes als eine Fessel und eine Trübung des Geistes?

Und vergeßt nicht, daß die Erde sich daran ergötzt, eure bloßen Füße zu spüren, und der Wind sich danach sehnt, mit eurem Haar zu spielen.«

Vom Kaufen und Verkaufen

»Sprich zu uns vom Kaufen und Verkaufen«, sagte da ein Händler.

Und er antwortete und sprach:

»Die Erde überläßt euch ihre Früchte, und wenn ihr nur eure Hände zu füllen wißt, wird es euch an nichts mangeln.

Durch den Austausch der Gaben der Erde sollt ihr Überfluß finden und zufriedengestellt werden.

Doch wenn dieser Austausch nicht in Liebe, Güte und Gerechtigkeit geschieht, wird er manche zur Gier und andere zum Hunger führen.

Wenn ihr Fischer, Bauern und Winzer auf dem Marktplatz die Weber, Töpfer und Sammler von Gewürzen trefft,

Dann ruft den Geist an, der Herr der Erde ist, auf daß Er in eure Mitte trete und die Waagen segne und die Rechnungen, die einen Wert gegen einen anderen abwägen.

Und laßt nicht zu, daß Menschen mit unfruchtbaren Händen an euren Geschäften teilhaben, die euch ihre Worte gegen eure Arbeit verkaufen wollen.

Zu ihnen sollt ihr sagen:

›Kommt mit uns aufs Feld oder fahrt mit unseren Brüdern aufs Meer und werft die Netze aus.

Denn das Land und die See werden euch ebenso reich beschenken wie uns.‹

Und wenn die Sänger, die Tänzer und die Flötenspieler kommen, kauft auch von ihren Gaben.

Denn auch sie sammeln Früchte und Weihrauch, und was sie bringen ist – wenn auch aus Träumen gewoben – Kleidung und Nahrung für eure Seele.

Und ehe ihr den Marktplatz verlaßt, überzeugt euch, daß niemand mit leeren Händen seines Weges gegangen ist.

Denn der höchste Geist der Erde wird nicht friedlich auf den Flügeln des Windes schlummern, ehe die Bedürfnisse des Geringsten unter euch befriedigt sind.«

Von Verbrechen und Strafe

Dann trat ein Richter aus der Stadt vor: »Sprich zu uns von Verbrechen und Strafe.«

Und er antwortete und sagte:

»Wenn euer Geist mit dem Wind wandert,

Begeht ihr allein und unbewacht Unrecht an anderen und damit auch an euch selbst.

Und ob dieses begangenen Unrechts müßt ihr am Tor der Gesegneten eine Zeitlang warten, bis euer Klopfen Gehör findet.

Euer göttliches Selbst ist wie der Ozean;

Es bleibt für immer unbeschmutzt.

Und wie der Weltenraum erhebt es nur den, der Flügel besitzt.

Ja, wie die Sonne ist euer göttliches Selbst;

Es kennt nicht die Wege des Maulwurfs noch sucht es die Löcher der Schlange. Aber euer göttliches Selbst wohnt in eurem Wesen nicht allein.

Vieles in euch ist noch Mensch, und vieles in euch ist noch nicht Mensch,

Sondern ein gestaltloser Zwerg, der schlafwandelnd im Nebel sein Erwachen sucht.

Sprechen will ich nun von dem Menschen in euch.

Denn er ist es, und nicht euer göttliches Selbst noch der Zwerg im Nebel, der die Verbrechen und die Strafe dafür kennt.

Oft habe ich euch von einem Missetäter sprechen hören, als wäre er keiner von euch, sondern ein Fremder und ein Eindringling in eurer Welt.

Aber ich sage, gleichwie der Heilige und Rechtschaffene sich nicht über das Höchste hinaus erheben kann, das in jedem einzelnen von euch wohnt,

So kann auch der Böse und der Schwache nicht tiefer sinken als bis zum Tiefsten, das auch ihr in euch tragt.

Und so, wie ein einzelnes Blatt nicht gelb wird, ohne daß der ganze Baum stillschweigend davon weiß,

So kann der Missetäter kein Verbrechen begehen ohne euer aller heimliches Wollen.

Wie in einer Prozession schreitet ihr gemeinsam auf euer göttliches Selbst zu.

Ihr seid der Weg und die Wanderer.

Und wenn einer von euch stürzt, so stürzt er für die hinter ihm, als Warnung vor dem Stolperstein.

Ja, und er fällt auch für die vor ihm, die – obwohl schneller und sichereren Schrittes – den Stolperstein nicht aufgehoben haben.

Und dies noch, obgleich das Wort schwer auf euren Herzen lasten mag:

Der Ermordete ist nicht ohne Verantwortung an seiner Ermordung,

Und der Beraubte nicht schuldlos daran, daß er beraubt wurde.

Der Rechtschaffene ist nicht unschuldig an den Taten des Bösen,

Und selbst die saubersten Hände bleiben nicht unbefleckt von den Taten des Schurken.

Fürwahr, oftmals ist der Schuldige das Opfer des Geschädigten.

Und noch häufiger trägt der Verurteilte die Last für die Schuldlosen und den Unbescholtenen.

Man kann den Gerechten nicht vom Ungerechten und den Guten nicht vom Bösen trennen;

Denn so, wie der schwarze und der weiße Faden verwoben sind, stehen sie gemeinsam vor dem Antlitz der Sonne.

Und wenn der schwarze Faden reißt, wird der Weber das ganze Tuch ansehen und auch seinen Webstuhl untersuchen.

Wenn einer von euch eine untreue Ehefrau vor den Richter bringen will,

Dann soll er auch das Herz ihres Mannes in die Waagschale werfen und seine Seele mit der Elle messen.

Und wer den Täter auspeitschen will, soll auch in die Seele des Opfers schauen.

Wenn einer von euch im Namen der Rechtschaffenheit strafen und die Axt am Baum des Bösen ansetzen will, der soll dessen Wurzeln betrachten.

Und wahrhaftig, er wird die Wurzeln des Guten und die des Bösen finden, des Fruchtbaren und des Unfruchtbaren, ineinander verschlungen im schweigenden Herzen der Erde.

Und ihr Richter, die ihr gerecht sein möchtet,

Welches Urteil wollt ihr über jemanden sprechen, der zwar aufrichtig im Fleische, aber ein Dieb im Geiste ist?

Mit welcher Strafe wollt ihr jemanden belegen, der durch seine Hände mordet, aber im Geist selbst getötet wird?

Und wie belangt ihr den, der in seinen Taten ein Betrüger und Unterdrücker ist,

Doch auch selbst gekränkt und verletzt ist?

Und wie wollt ihr die strafen, deren Reue bereits größer ist als ihre Missetaten?

Ist nicht Reue genau die Strafe, die jenes Gesetz verhängt, dem ihr so gerne dienen möchtet?

Doch ihr könnt weder dem Unschuldigen Reue auferlegen noch sie dem Schuldigen von der Seele nehmen.

Ungebeten wird sie sich bei Nacht einstellen, auf daß die Menschen erwachen und sich selbst betrachten.

Und ihr, die ihr das Recht verstehen wollt, wie wollt ihr das vollbringen, ohne daß ihr alle Taten im hellen Licht betrachtet?

Erst dann werdet ihr verstehen, daß der Aufrechte und der Gestrauchelte ein und derselbe Mensch ist, der im Zwielicht zwischen der Nacht seines Zwergen-Daseins und dem Tag seines göttlichen Selbst wandelt,

Und daß der Eckstein des Tempels nicht höher steht als der niedrigste Stein seines Fundaments.«

Von den Gesetzen

Dann sagte ein Advokat: »Aber was ist mit unseren Gesetzen, Herr?«

Und er antwortete:

»Ihr habt Freude daran, Gesetze zu erlassen,

Doch noch größere Lust bereitet es euch, sie zu brechen.

Wie Kinder, die am Meer spielen und immer wieder Sandschlösser bauen, die sie dann unter Gelächter zerstören.

Aber während ihr eure Burgen baut, trägt der Ozean immer neuen Sand an das Ufer,

Und wenn ihr sie zerstört, lacht der Ozean mit euch.

Wahrhaftig, der Ozean lacht immer mit den Unschuldigen.

Aber was ist mit denen, für die das Leben kein Ozean und die von Menschen gemachten Gesetze keine Sandburgen sind?

Die, für die das Leben ein Fels ist und das Gesetz

ein Meißel, mit dem sie es nach ihrem eigenen Bild formen wollen?

Was ist mit dem Krüppel, der alle Tänzer haßt?

Was mit dem Ochsen, der sein Joch liebt und den Elch und das Reh im Wald für Streuner und Vagabunden hält?

Oder der alten Schlange, die ihre Haut nicht mehr abstreifen kann und alle anderen nackt und schamlos schimpft?

Und was ist mit dem Mann, der früh zur Hochzeitsfeier kommt, und als er übersättigt und matt seiner Wege geht, behauptet, alle Feste seien ein Vergehen und alle Feiernden Gesetzesbrecher?

Was soll ich von diesen sagen, außer, daß auch sie im Licht der Sonne stehen, ihr aber den Rücken zuwenden?

So sehen sie nur ihre Schatten, und ihre Schatten sind ihre Gesetze.

Für diese Menschen ist die Sonne nur etwas, was Schatten wirft,

Und das Befolgen der Gesetze heißt nur, daß sie sich niederbeugen und ihre Schatten auf der Erde nachziehen.

Aber ihr, die ihr mit dem Gesicht zur Sonne wandelt, welche Bilder, die auf die Erde gezeichnet sind, können euch halten?

Ihr, die ihr mit dem Wind reist, welche Wetterfahne soll euch den Weg weisen?

Welches vom Menschen geschaffene Gesetz soll euch binden, wenn ihr euer Joch zerbrecht, jedoch nicht an der Kerkertür eines anderen?

Welche Gesetze wollt ihr fürchten, wenn ihr tanzt, aber über niemandes eiserne Ketten stolpert?

Und wer will euch vor den Richter zerren, wenn ihr eure Kleider herunterreißt, aber sie niemandem in den Weg legt?

Leute von Orfalis, ihr könnt die Trommel dämpfen und die Saiten der Leier lockern, aber wer will der Lerche befehlen, nicht zu singen?«

Von der Freiheit

»Sprich zu uns von der Freiheit«, sagte ein Redner.

Und er antwortete:

»Am Stadttor und an euren Feuerstellen habe ich gesehen, wie ihr euch niederwerft und eure eigene Freiheit anbetet,

Ganz wie Sklaven sich vor einem Tyrannen erniedrigen und ihn preisen, obgleich er sie tötet.

Ja, im Tempelhain und im Schatten der Zitadelle habe ich gesehen, wie die Freiesten unter euch ihre Freiheit wie ein Joch und eine Handschelle trugen.

Und mir blutete das Herz; denn frei könnt ihr nur sein, wenn die Sehnsucht selbst, die Freiheit zu suchen, euch zur Fessel wird, und wenn ihr aufhört, von der Freiheit als Ziel und Erfüllung zu sprechen.

Wahrhaftig, ihr werdet nicht frei sein, wenn eure Tage ohne Sorge sind oder eure Nächte ohne einen Mangel und einen Kummer,

Sondern erst, wenn diese euer Leben umfaßt und ihr euch dennoch nackt und ungebunden über sie erhebt.

Aber wie wollt ihr euch über eure Tage und Nächte erheben, wenn ihr nicht die Ketten sprengt, die ihr im Morgengrauen eures Verstandes um eure Mittagsstunde gelegt habt?

Wirklich, was ihr Freiheit nennt, ist die stärkste dieser Ketten, wenn ihre Glieder auch in der Sonne glitzern und eure Augen blenden.

Und was ist das, was ihr abwerfen wollt, um frei zu werden, anderes, als Teile eures eigenen Ichs?

Wenn ihr ein ungerechtes Gesetz abschaffen wollt, dann habt ihr dieses zuvor mit eigener Hand auf eure Stirn geschrieben.

Ihr könnt es nicht auslöschen, indem ihr eure Gesetzbücher verbrennt oder die Stirn eurer Richter wascht, und wenn ihr das Meer über ihnen ergießt.

Und wenn ihr einen Despoten entthronen wollt, dann stürzt zuerst den Thron, den ihr ihm in eurem Inneren errichtet habt.

Denn wie kann ein Tyrann über die Freien und Stolzen herrschen, es sei denn, in ihrer Freiheit wohnt Tyrannei und Verletztheit in ihrem Stolz?

Und wenn ihr eine Sorge abwerfen wollt, dann ist euch diese nicht auferlegt worden, sondern ihr habt sie selbst erwählt.

Und wenn ihr eine Angst verjagen wollt, dann wohnt diese Angst in eurem Herzen und nicht in der Hand dessen, den ihr fürchtet.

Wahrhaftig, in eurem Wesen bewegen sich alle Dinge in beständigem Reigen – das, was ihr ersehnt und was ihr fürchtet, das, was ihr verabscheut und was ihr hochschätzt, das, dem ihr nachstrebt und das, vor dem ihr zu fliehen sucht.

All das tanzt in euch wie Licht und Schatten als untrennbare Paare.

Und wenn der Schatten verblaßt und nicht mehr ist, dann wandelt das verbleibende Licht sich zum Schatten eines anderen Lichts.

Und so wird eure Freiheit, wenn sie ihre Fesseln abwirft, selbst zur Fessel einer höheren Freiheit.«

Von Vernunft und Leidenschaft

Da ergriff die Priesterin von neuem das Wort und sagte: »Sprich zu uns von Vernunft und Leidenschaft.«

Und er antwortete und sprach:

»Oftmals ist eure Seele ein Schlachtfeld, auf dem eure Vernunft und euer Urteilsvermögen Krieg gegen eure Leidenschaft und euer Begehren führen.

Ich wünschte, ich könnte der Friedensstifter in eurer Seele sein, so daß ich den Mißklang und den Widerspruch eurer Wesenszüge in Einklang und Harmonie verwandeln könnte.

Aber wie vermag ich das, außer ihr schließt auch selbst Frieden mit euch und liebt all eure Wesenszüge?

Eure Vernunft und eure Leidenschaften sind wie Ruder und Segel eurer seefahrenden Seele.

Wenn entweder euer Segel reißt oder euer Ruder bricht, dann treibt ihr hilflos umher oder ihr liegt mitten im Ozean fest.

Denn wenn die Vernunft allein herrscht, ist ihre Macht einengend, und ist die Leidenschaft ungezügelt, so brennt sie bis zur Selbstzerstörung.

Daher laßt eure Seele die Vernunft auf die Höhe der Leidenschaft erheben, auf daß sie singe;

Und laßt sie eure Leidenschaft mit Vernunft lenken, damit eure Leidenschaft täglich von neuem zum Leben erwacht und sich wie der Phönix aus ihrer Asche aufschwingt.

Ich möchte, daß ihr euren Verstand und eure Begierden wie geliebte Gäste in eurem Haus betrachtet.

Gewiß würdet ihr nicht einen Gast höher ehren; denn wer den einen über den anderen stellt, verliert beider Liebe und Vertrauen.

Wenn ihr in den Hügeln im kühlen Schatten der weißen Pappeln sitzt und teilhabt am Frieden und der Heiterkeit ferner Felder und Weiden – dann laßt euer Herz im stillen sagen: ›Gott ruht in der Vernunft.‹

Und wenn der Sturm kommt und der gewaltige Wind den Wald erschüttert, und Donner und Blitz die Majestät des Himmels verkünden – dann laßt euer Herz ehrfürchtig rufen: ›Gott bewegt sich in Leidenschaft.‹

Und da ihr ein Atemhauch auf Gottes Erde seid und ein Blatt im Wald Gottes, so sollt auch ihr in der Vernunft ruhen und euch in Leidenschaft bewegen.«

Vom Schmerz

Und eine Frau sprach und sagte: »Erzähl uns vom Schmerz.«

Und er antwortete:

»Euer Schmerz zerbricht die Schale, die euer Verstehen umschließt.

So wie der Kern einer Frucht aufbrechen muß, damit sein Herz die Sonne sieht, so müßt ihr den Schmerz kennenlernen.

Hättet ihr in eurem Herzen das Staunen über die täglichen Wunder des Lebens bewahrt, dann würde euch der Schmerz nicht weniger wundersam erscheinen als eure Freude.

Und ihr würdet euch damit abfinden, daß auch euer Herz Jahreszeiten erlebt, so wie ihr immer hingenommen habt, daß Sommer und Winter über eure Felder ziehen. Und ihr würdet die Winter eures Kummers mit heiterer Gelassenheit überstehen.

Vieles von eurem Schmerz ist selbst erwählt.

Er ist der bittere Trank, mit dem der Arzt in eurem Inneren das kranke Selbst heilt.

Darum vertraut dem Arzt und trinkt sein Heilmittel schweigend und ruhig,

Denn seine Hand mag zwar schwer und rauh sein, doch sie wird durch die sanfte Hand des Unsichtbaren geführt,

Und der Becher, den er euch reicht, mag eure Lippen zwar versengen, doch er ist aus dem Ton geformt, den der Töpfer mit Seinen heiligen Tränen befeuchtet hat.«

Von der Selbsterkenntnis

»Sprich zu uns von der Selbsterkenntnis«, bat ein Mann.

Und er antwortete und sagte:

»Eure Herzen kennen im stillen die Geheimnisse der Tage und Nächte.

Aber eure Ohren dürsten danach, den Klang des Wissens aus eurem Herzen zu vernehmen.

In Worten wollt ihr hören, was ihr in Gedanken schon immer gewußt habt.

Ihr wollt mit den Händen den nackten Körper eurer Träume berühren.

Und das ist auch gut so.

Die verborgene Quelle eurer Seele muß sich erheben und in einem murmelnden Bach zum Meere eilen;

Und der Schatz eurer unendlichen Tiefen will sich euren Augen offenbaren.

Doch wiegt nicht mit Waagen euren unbekannten Schatz,

Noch versucht, die Tiefen eures Wissens mit Elle und Lot zu ergründen.

Denn das Selbst ist wie ein Ozean, grenzenlos und unermeßlich.

Sagt nicht: ›Ich habe die Wahrheit gefunden‹, sondern eher: ›Ich habe eine Wahrheit gefunden.‹

Sagt nicht: ›Ich habe den Pfad der Seele entdeckt.‹ Sagt lieber: ›Ich bin der Seele begegnet, wie sie auf meinem Pfad wandelte.‹

Denn die Seele wandelt auf allen Wegen.

Die Seele schreitet weder entlang einer Linie, noch sprießt sie wie ein Schilfrohr.

Die Seele entfaltet sich wie ein Lotos mit unzähligen Blütenblättern.«

Vom Lehren

»Sprich zu uns über das Lehren«, sagte dann ein Lehrer.

Und er sprach:

»Kein Mensch kann euch etwas enthüllen, das nicht schon halb schlafend im Dämmern eures Wissens liegt.

Der Lehrer, der im Schatten des Tempels unter seinen Jüngern wandelt, gibt weniger von seiner Weisheit, als mehr von seinem Glauben und seiner Liebe.

Wenn er tatsächlich klug ist, bittet er euch nicht in das Haus seiner Weisheit, sondern führt euch an die Schwelle eures eigenen Geistes.

Der Sternkundige kann zu euch davon sprechen, wie er das All begreift, aber er kann euch nicht sein Verstehen schenken.

Der Musiker kann euch vom Rhythmus singen, der allen Raum erfüllt, aber er kann euch nicht das Ohr schenken, das den Rhythmus wahrnimmt, noch die Stimme, die ihn wiedergibt.

Und wer sich auf die Wissenschaft von Zahlen

versteht, kann zu euch vom Reich der Gewichte und Maße sprechen, doch er vermag euch nicht dorthin zu führen.

Denn die Vision des einen leiht ihre Flügel keinem anderen.

Und so, wie jeder von euch allein in Gottes Wissen steht, so muß jeder von euch allein in seinem Wissen von Gott und in seinem Verständnis der Erde sein.«

Von der Freundschaft

Und ein Jüngling sagte: »Sprich zu uns von der Freundschaft.«

Und er hob an:

»Euer Freund ist die Antwort auf eure Bedürfnisse.

Er ist das Feld, auf dem ihr mit Liebe sät und unter Dank erntet.

Und er ist euer Tisch und euer Herd.

Denn ihr kommt zu ihm mit eurem Hunger, und ihr sucht bei ihm den Frieden.

Wenn euer Freund seine Meinung kundtut, dann fürchtet ihr weder das Nein in euren Gedanken, noch haltet ihr mit dem Ja hinter dem Berge zurück.

Und wenn er schweigt, dann hört euer Herz nicht auf, seinem Herzen zu lauschen;

Denn ohne Worte werden in Freundschaft alle Sehnsüchte, alle Erwartungen geboren und geteilt.

Wenn ihr von eurem Freund scheidet, dann grämt ihr euch nicht.

Denn was ihr am meisten an ihm liebt, wird vielleicht in seiner Abwesenheit deutlicher offenbar, so wie für den Kletterer der Berg von der Ebene aus klarer zu erkennen ist.

Und kein anderes Ziel soll die Freundschaft haben außer der Vertiefung des Geistes.

Denn Liebe, die etwas anderes sucht als die Offenbarung ihres eigenen Mysteriums, ist keine Liebe, sondern ein ausgeworfenes Netz: Nur der Wertlose verfängt sich darin.

Und gebt eurem Freund euer Bestes.

Wenn er schon die Ebbe eurer Gezeiten erfahren muß, dann laßt ihn auch an eurer Flut teilhaben.

Was ist euer Freund, daß ihr ihn aufsucht, um Stunden totzuschlagen?

Sucht ihn stets auf, um Stunden mit ihm zu erleben.

Denn es ist an ihm, eure Bedürfnisse zu erfüllen, nicht aber eure Leere.

Und in der Süße der Freundschaft laßt Lachen sein und geteilte Freude.

Denn im Tau kleiner Dinge findet das Herz seinen Morgen und wird erfrischt.«

Vom Reden

»Sprich zu uns vom Reden«, bat ein Gelehrter.

Und er antwortete und sagte:

»Ihr redet, wenn ihr nicht mehr in Frieden mit euren Gedanken seid.

Wenn ihr nicht länger in der Einsamkeit eures Herzens wohnen könnt, dann lebt ihr in euren Lippen, und der Klang ist euch Zerstreuung und Zeitvertreib.

In vielem, was ihr redet, wird das Denken erstickt.

Denn der Gedanke ist ein Vogel, der Raum braucht, der in einem Käfig aus Worten höchstens seine Flügel ausbreitet, aber nicht fliegen kann.

Unter euch sind welche, die aus Angst vor dem Alleinsein den Redseligen suchen.

Die Stille des Alleinseins führt ihnen ihr nacktes Ich vor Augen, und davor möchten sie fliehen.

Und dann sind da diejenigen, die reden und ohne Wissen oder Nachdenken eine Wahrheit aussprechen, die sie selbst nicht verstehen.

Und andere tragen die Wahrheit in sich, sagen sie aber nicht in Worten.

Im Herzen dieser Menschen wohnt der Geist in lebendiger Stille.

Begegnet ihr eurem Freund auf der Straße oder auf dem Marktplatz, dann soll der Geist in euch eure Lippen bewegen und eure Zunge leiten.

Laßt die Stimme in eurer Stimme zum Ohr seines Ohrs sprechen.

Denn seine Seele wird die Wahrheit eures Herzens bewahren, so wie man sich an den Geschmack des Weins erinnert,

Wenn seine Farbe vergessen und das Gefäß nicht mehr ist.«

Von der Zeit

Und ein Astronom sagte: »Meister, was ist mit der Zeit?«

Und er antwortete:

»Ihr wollt die Zeit messen, die doch maßlos und unermeßlich ist.

Ihr wollt euer Verhalten und sogar den Lauf eures Geistes nach Stunden und Jahreszeiten ausrichten.

Aus der Zeit wollt ihr einen Fluß machen, an dessen Ufer ihr sitzen und ihm beim Fließen zusehen möchtet.

Doch das Ewige in euch ist sich der Zeitlosigkeit des Lebens bewußt, und weiß, daß das Gestern nur die Erinnerung des Heute ist, und das Morgen der Traum vom Heute.

Und das, was in euch singt und sinnt, verharrt noch in den Grenzen jenes ersten Tages, der die Sterne im Weltenraum verstreute.

Wer unter euch spürt nicht, daß seine Kraft zu lieben grenzenlos ist?

Und doch, wer fühlt nicht, daß eben diese Liebe, wenn auch grenzenlos, im Kern seines Wesens umschlossen ist und nicht von einem Liebesgedanken zum anderen springt, noch von einem Liebeswerk zum nächsten?

Und ist nicht die Zeit wie die Liebe ungeteilt und stufenlos?

Aber wenn ihr schon in eurem Denken die Zeit in Jahreszeiten messen müßt, dann laßt jede davon die andere umfassen,

Und das Heute möge die Vergangenheit mit Erinnerung und die Zukunft voller Sehnen umarmen.«

Von Gut und Böse

Und einer der Stadtältesten sagte: »Sprich zu uns von Gut und Böse.«

Und er antwortete:

»Von dem Guten in euch kann ich sprechen, aber nicht von dem Bösen.

Denn was ist das Böse anderes als das Gute, das von seinem eigenen Hunger und Durst gequält wird?

Wahrhaftig, wenn das Gute hungrig ist, sucht es Nahrung selbst in dunklen Höhlen, und wenn es dürstet, trinkt es sogar von fauligem Wasser.

Gut seid ihr, wenn ihr eins mit euch selbst seid.

Doch wenn ihr nicht eins seid mit euch selbst, seid ihr dennoch nicht böse.

Denn ein geteiltes Haus ist noch keine Räuberhöhle, sondern einfach nur ein geteiltes Haus.

Und ein Schiff ohne Ruder mag ziellos zwischen gefährlichen Inseln herumirren und doch nicht auf den Meeresgrund sinken.

Ihr seid gut, wenn ihr danach strebt, von euch zu geben.

Doch seid ihr nicht böse, wenn ihr nach Gewinn für euch selbst strebt.

Denn wenn ihr nach Gewinn strebt, seid ihr nur wie eine Wurzel, die sich an die Erde klammert und sich an ihrem Busen nährt.

Gewiß kann die Frucht nicht zu der Wurzel sagen: ›Sei wie ich, reif und voll und immer bereit, von deinem Überfluß zu geben.‹

Denn der Frucht ist das Geben ein Bedürfnis, so wie der Wurzel das Empfangen.

Ihr seid gut, wenn ihr in eurer Rede vollständig wach seid.

Dennoch seid ihr nicht böse, wenn ihr schlaft und eure Zunge ziellos stammelt.

Und selbst holpriges Reden mag eine schwache Zunge kräftigen.

Ihr seid gut, wenn ihr festen und kühnen Schrittes auf euer Ziel zugeht.

Aber ihr seid nicht böse, wenn ihr dorthin hinkt.

Selbst der Hinkende schreitet nicht zurück.

Doch ihr, die ihr stark und schnell seid, seht zu,

daß ihr nicht vor den Lahmen hinkt und dies für Freundlichkeit haltet.

Auf unzählige Weisen seid ihr gut, und wenn ihr nicht gut seid, dann seid ihr noch lange nicht böse.

Ihr seid nur träge und faul.

Ein Jammer, daß der Hirsch die Schildkröte keine Schnelligkeit lehren kann.

In eurem Sehnen nach eurem übermenschlichen Selbst liegt euer Gutsein, und dieses Sehnen wohnt in allen von euch.

Aber in manchen von euch ist diese Sehnsucht ein Sturzbach, der mit Macht zum Meer rauscht und die Geheimnisse der Hügel und die Lieder des Waldes mit sich trägt.

Und in anderen ist es ein flacher Strom, der sich in Kurven und Windungen verliert und lange verweilt, bis er die Küste erreicht.

Dennoch soll der, welcher viel ersehnt, nicht zu dem sagen, der wenig begehrt: ›Warum gehst du langsam und zögerst?‹

Denn der wahrhaft Gute fragt auch nicht den Nackten: ›Wo ist dein Gewand?‹ noch den Obdachlosen: ›Was ist aus deinem Haus geworden?‹«

Vom Gebet

»Sprich zu uns vom Beten«, sagte daraufhin eine Priesterin.

Und er antwortete und sprach:

»Ihr betet in eurem Kummer und eurer Not. Würdet ihr doch auch in der Vollkommenheit eurer Freude beten und in den Tagen eures Überflusses!

Denn was ist das Gebet anderes als die Ausweitung eures Ichs in den lebenden Weltenraum?

Und wenn es euch ein Trost ist, eure Dunkelheit ins Weltall zu ergießen, dann sollte es euch auch eine Freude sein, die Morgenglut eures Herzens darin zu verströmen.

Und wenn ihr nichts als weinen könnt, wenn eure Seele euch zum Gebet ruft, dann soll sie euch wieder und wieder anspornen, bis ihr trotz eurer Tränen lacht.

Wenn ihr betet, erhebt ihr euch in die Lüfte und trefft alle, die zur selben Stunde beten und denen ihr außer in der Andacht vielleicht nie begegnet.

Daher sucht diesen unsichtbaren Tempel aus keinem anderen Grund auf denn zu Ekstase und köstlicher Verschmelzung.

Denn solltet ihr den Tempel nur betreten, um zu bitten, so wird euch nicht gewährt werden:

Und wenn ihr ihn betretet, um euch zu erniedrigen, so werdet ihr nicht erhöht werden.

Selbst wenn ihr dorthin geht, um für das Wohl anderer zu bitten, so werdet ihr kein Gehör finden.

Es ist genug, daß ihr den unsichtbaren Tempel betretet.

Ich vermag euch nicht zu lehren, wie ihr in Worten beten sollt.

Gott hört nicht auf eure Worte, außer, er spricht selbst durch euren Mund.

Und ich kann euch nicht das Gebet der Meere, der Wälder und der Berge lehren.

Aber ihr, die ihr aus den Bergen, den Wäldern und den Meeren geboren seid, ihr könnt ihr Gebet in eurem Herzen finden,

Und wenn ihr nur in der Stille der Nacht lauscht, werdet ihr sie lautlos sagen hören:

›Unser Gott, der Du unser geflügeltes Ich bist, Dein Wille in uns will.

Dein Begehren in uns begehrt,

Dein Verlangen in uns verwandelt unsere Nächte, die Dein sind, in Tage, die ebenfalls Dir gehören.

Wir können Dich um nichts bitten, denn Du kennst unsere Bedürfnisse, bevor sie in uns aufscheinen.

Du bist unser Begehr, und indem Du uns mehr von Dir gibst, schenkst Du uns alles.‹«

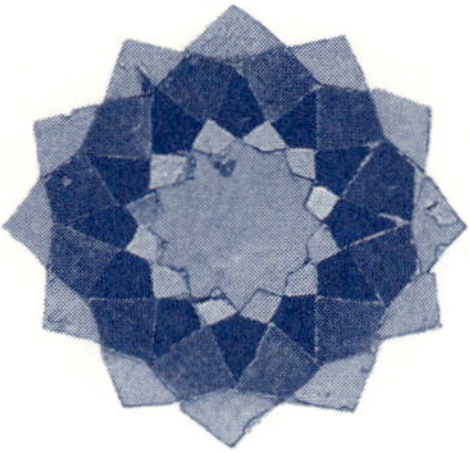

Vom Genuß

Dann trat ein Einsiedler vor, der einmal im Jahr die Stadt aufsuchte, und sagte: »Sprich zu uns vom Genuß.«

Und er antwortete und sprach:

»Genuß ist ein Lied der Freiheit,
Aber nicht die Freiheit selbst.
Er ist die Blüte eures Verlangens,
Aber nicht dessen Frucht.
Er ist eine Tiefe, die nach einer Höhe verlangt,
Aber er selbst ist weder tief noch hoch.
Er ist der Vogel im Käfig, der die Flügel ausbreitet,
Doch nichts raumumfassendes.

Ja, wahrhaftig, der Genuß ist ein Lied von der Freiheit.

Und ich möchte, daß ihr es aus vollem Herzen singt, und dennoch sollt ihr euer Herz nicht an den Gesang verlieren.

Manche jungen Leute suchen das Vergnügen, als wäre es alles, und man verurteilt und tadelt sie.

Ich will sie weder verurteilen noch tadeln. Ich würde sie suchen lassen.

Denn sie werden Genuß finden, doch nicht ihn allein.

Er besitzt sieben Schwestern, und noch die Geringste unter ihnen ist schöner als der Genuß selbst;

Habt ihr nicht von dem Mann gehört, der in der Erde nach Wurzeln grub und einen Schatz entdeckte?

Und manche Ältere unter euch erinnern sich an Vergnügungen mit Bedauern wie an Missetaten, im Rausch begangen.

Aber Bedauern trübt den Geist, statt ihn zu läutern.

Sie sollten sich voll Dankbarkeit an ihre Genüsse erinnern wie an die Ernte eines Sommers.

Doch wenn das Bedauern ihnen ein Trost ist, so sei er ihnen gewährt.

Und dann sind unter euch noch welche, die weder jung genug sind, um zu suchen, noch alt genug, um sich zu erinnern.

In ihrer Furcht vor der Suche und der Erinnerung meiden sie alle Genüsse, auf daß sie den Geist nicht vernachlässigen oder gegen ihn sündigen.

Aber gerade in diesem Verzicht liegt ihr Genuß.

Und so finden auch sie einen Schatz, obwohl sie mit unsteten Händen nach Wurzeln graben.

Aber sagt mir, wer vermag sich überhaupt gegen den Geist zu versündigen?

Beleidigt die Nachtigall die Stille der Nacht oder das Glühwürmchen die Sterne?

Und ist euer Feuer oder euer Rauch dem Wind eine Last?

Haltet ihr den Geist etwa für ein stilles Gewässer, das man mit einem Stock aufwühlen kann?

Indem ihr euch einem Genuß verweigert, bewahrt ihr das Begehren oft nur in den hinteren Winkeln eures Wesens.

Wer weiß, ob das, was heute unterlassen wird, nicht nur auf das Morgen harrt?

Selbst euer Körper weiß um sein Erbe und seine rechtmäßigen Bedürfnisse, und läßt sich nicht betrügen.

Euer Körper ist die Harfe, auf der eure Seele spielt,

Und es liegt an euch, ob er liebliche Musik oder wirre Töne hervorbringt.

Und nun fragt ihr in eurem Herzen: ›Wie sollen wir unterscheiden, was gut am Genuß ist, und was nicht?‹

Geht auf eure Felder und in Gärten und erkennt, daß es der Biene Vergnügen bereitet, den Honig der Blume zu sammeln,

Aber der Blume ist es ebenfalls ein Genuß, ihren Honig der Biene zu geben.

Denn für die Biene ist eine Blume ein Quell des Lebens,

Und für die Blume ist die Biene ein Bote der Liebe.

Und beiden, der Biene und der Blume, ist das Geben und Empfangen von Vergnügen ein Bedürfnis und eine Verzückung.

Leute von Orfalis, seid in euren Genüssen wie die Blumen und die Bienen.«

Von der Schönheit

»Sprich zu uns von der Schönheit«, bat ein Dichter.

Und er antwortete:

»Wie wollt ihr Schönheit suchen, wie wollt ihr sie finden, wenn sie nicht selbst euer Weg und euer Führer ist?

Und wie könnt ihr von ihr sprechen, wenn sie nicht selbst eure Sprache webt?

Die Gekränkten und Verletzten sagen: ›Schönheit ist freundlich und sanft.

Wie eine junge Mutter, ein wenig befangen ob ihrer eigenen Herrlichkeit, wandelt sie unter uns.‹

Und die Leidenschaftlichen sagen: ›Nein, Schönheit ist mächtig und wild.

Wie der Sturm erschüttert sie die Erde unter unseren Füßen und den Himmel über uns.‹

Die Müden und Erschöpften sagen: ›Schönheit ist wie ein sanftes Flüstern. Sie spricht in unseren Gedanken zu uns.

Ihre Stimme fügt sich in unser Schweigen wie ein schwaches Licht, das in Furcht vor der Dunkelheit erbebt.‹

Aber die Ruhelosen sagen: ›Wir haben sie in den Bergen rufen hören,

Und mit ihren Schreien drangen das Donnern von Hufen, das Schlagen von Flügeln und das Gebrüll von Löwen zu uns.‹

Die Wächter der Stadt sagen bei Nacht: ›Die Schönheit wird mit der Morgenröte im Osten aufsteigen.‹

Und zur Mittagszeit sagen die Arbeitenden und die Reisenden: ›Wir haben sie gesehen, wie sie sich aus den Fenstern des Sonnenuntergangs über die Erde neigte.‹

Im Winter sagen die Eingeschneiten: ›Sie wird mit dem Frühling über die Hügel gesprungen kommen.‹

Und die Mäher sagen in der Sommerhitze: ›Wir haben sie mit den Herbstblättern tanzen gesehen, und sie trug einen Hauch von Schnee in ihrem Haar.‹

All dies habt ihr über die Schönheit gesagt,

Doch in Wahrheit habt ihr nicht von ihr gesprochen, sondern von euren unerfüllten Bedürfnissen,

Und Schönheit ist kein Bedürfnis, sondern reine Ekstase.

Sie ist weder ein dürstender Mund noch eine leere ausgestreckte Hand,

Sondern ein entflammtes Herz und eine verzauberte Seele.

Sie ist weder das Bild, das ihr sehen, noch das Lied, das ihr hören wollt,

Sondern ein Bild, das ihr seht, obwohl ihr eure Augen verschließt, und ein Lied, das ihr hört, wenngleich ihr eure Ohren verstopft.

Sie ist nicht der Saft hinter der knorrigen Borke, noch eine geflügelte Klaue,

Sondern ein ewig in Blüte stehender Garten und eine Schar Engel in ihrem ewigen Flug.

Leute von Orfalis, Schönheit ist das Leben in dem Moment, da es sein heiliges Antlitz enthüllt.

Doch ihr selbst seid das Leben, und ihr selbst seid der Schleier.

Schönheit ist Ewigkeit, die sich selbst im Spiegel betrachtet.

Aber die Ewigkeit seid ihr selbst, und ihr selbst seid der Spiegel.«

Von der Religion

Und ein alter Priester sagte: »Sprich zu uns von der Religion.«

Und er erwiderte:

»Habe ich denn heute von etwas anderem gesprochen?

Sind nicht alle Handlungen und alles Sinnen Religion,

Und auch alles, was weder Tätigkeit noch Nachdenken ist, sondern ein Wunder und ein Staunen, das beständig der Seele entspringt, selbst während die Hände den Stein behauen?

Wer kann seinen Glauben von seinen Taten trennen, oder seine Überzeugung von seinem Tun?

Wer kann seine Stunden vor sich ausbreiten und sagen: ›Dies ist für Gott, und dies für mich, dies für meine Seele, und jenes andere für meinen Körper?‹

All eure Stunden sind Schwingen, die von Ich zu Ich durch den Raum schlagen.

Wer seine Moral nur wie sein bestes Gewand trägt, der ginge besser nackt.

Der Wind und die Sonne werden ihm schon keine Löcher in die Haut reißen.

Und wer sein Verhalten nach den Sittenlehren richtet, der sperrt seinen Singvogel in einen Käfig.

Doch selbst das freieste Lied dringt nicht durch Gitterstäbe und Draht.

Und der, für den die Anbetung ein Fenster ist, das man öffnen, aber ebensogut verschließen kann, der hat das Haus seiner Seele noch nicht aufgesucht, dessen Fenster von einer Morgenröte zur anderen reichen.

Euer tägliches Leben ist euer Tempel und eure Religion.

Wann immer ihr ihn betretet, nehmt euren ganzen Besitz mit.

Nehmt den Pflug, den Amboß, den Hammer und die Laute,

Das, was ihr aus Notwendigkeit oder zu eurer Freude geschaffen habt.

Denn in Tagträumen vermögt ihr euch weder über eure Leistungen hinaus zu erheben noch tiefer zu stürzen als euer Scheitern.

Und nehmt alle Menschen mit euch:

Denn in der Andacht könnt ihr weder höher fliegen als ihre Hoffnungen sind, noch euch tiefer erniedrigen als ihre Verzweiflung.

Und wenn ihr Gott kennenlernen wollt, dann macht euch nicht daran, Rätsel zu entziffern.

Schaut euch lieber um, und ihr werdet sehen, wie Er mit euren Kindern spielt.

Und seht in den Himmel, und ihr werdet Ihn auf den Wolken wandeln sehen, Seine Arme mit dem Blitz recken und im Regen hinabsteigen.

Ihr werdet sehen, wie Er in den Blumen lächelt, dann emporsteigt und euch aus den Bäumen zuwinkt.«

Vom Tod

Dann sprach Almitra. »Nun wollen wir dich nach dem Tod fragen«, sagte sie.

Und er antwortete:

»Ihr wollt das Geheimnis des Todes erfahren.

Aber wie wollt ihr es finden, außer, ihr sucht im Herzen des Lebens danach?

Die Eule, deren nachtgebundene Augen bei Tag blind sind, vermag das Mysterium des Lichts nicht zu entschleiern.

Wenn ihr tatsächlich den Geist des Todes erblikken wollt, dann öffnet euer Herz für den Körper des Lebens.

Denn Leben und Tod sind eins, so wie der Fluß und das Meer.

In der Tiefe eurer Hoffnungen und Sehnsüchte liegt euer unausgesprochenes Wissen um das Jenseits.

Und wie die Saat, die unter dem Schnee träumt, so sinnt euer Herz auf den Frühling.

Eure Angst vor dem Tod ist nichts als das Zittern

des Hirten, wenn er vor dem König steht, der ihn gleich ehren und ihm die Hand auflegen wird.

Ist der Hirte nicht hinter seinem Zittern voll Freude darüber, daß er das Zeichen des Königs tragen wird?

Und nimmt er sein Beben darum nicht um so stärker wahr?

Denn was ist das Sterben anderes, als nackt im Wind zu stehen und in der Sonne zu schmelzen?

Und was heißt nicht mehr zu atmen anderes, als den Atem von seinen ruhelosen Gezeiten zu befreien, auf daß er emporsteige, sich entfalte und ungehindert Gott suche?

Nur wenn ihr vom Fluß der Stille trinkt, werdet ihr wirklich singen.

Und erst wenn ihr den Gipfel des Berges erreicht habt, werdet ihr zu erklimmen beginnen.

Und erst wenn die Erde eure Glieder fordert, dann werdet ihr wahrhaftig tanzen.«

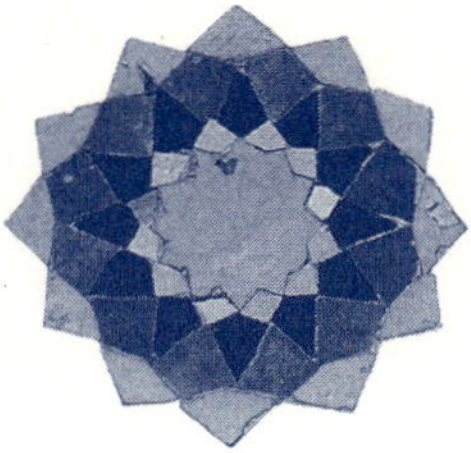

Der Abschied

Und nun war es Abend geworden.

Almitra, die Seherin, sagte: »Gesegnet sei dieser Tag, dieser Ort und dein Geist, der gesprochen hat.«

»Habe ich geredet?« antwortete er.

»War ich nicht auch ein Zuhörer?«

Dann stieg er die Stufen des Tempels hinab, und alle folgten ihm. Und er begab sich zu seinem Schiff und ging an Deck.

Und wieder wandte er sich zu den Menschen, erhob die Stimme und sagte:

»Leute von Orfalis, der Wind gebietet mir, euch zu verlassen.

Ich spüre weniger Eile als der Wind, doch gehen muß ich.

Wir Wanderer, die stets den einsameren Weg suchen, beginnen keinen Tag, wo wir einen anderen beendet haben. Und kein Morgenrot findet uns, wo der Sonnenuntergang uns verlassen hat.

Selbst während die Erde schläft, reisen wir.

Wir sind die Samen der beharrlichen Pflanze. In unserer Reife und der Fülle unseres Herzens werden wir vom Wind in alle Himmelsrichtungen zerstreut.

Kurz war meine Zeit unter euch, und noch knapper die Worte, die ich gesprochen habe.

Aber sollte einmal meine Stimme in euren Ohren verklingen und meine Liebe in eurer Erinnerung verblassen, dann werde ich wiederkehren,

Und mit vollerem Herzen und Lippen, die dem Geist noch gehorsamer sind, werde ich sprechen.

Ja, ich werde mit der Flut zurückkehren,

Und wenngleich der Tod mich auch verbergen mag und die höhere Stille mich umfangen wird, werde ich noch einmal euer Verstehen suchen.

Und nicht vergebens werde ich suchen.

Wenn überhaupt etwas wahr ist an dem, was ich gesagt habe, dann wird diese Wahrheit sich mit klarerer Stimme äußern, und in Worten, die euren Gedanken enger verwandt sind.

Ich gehe mit dem Wind, Bewohner von Orfalis.

Und wenn dieser Tag nicht die Erfüllung eurer Bedürfnisse und meiner Liebe war, dann laßt ihn eine Verheißung sein bis zu einem weiteren Tag.

Die Bedürfnisse des Menschen ändern sich, jedoch weder seine Liebe noch sein Sehnen, daß seine Liebe seine Bedürfnisse befriedigen möge.

Wisset daher, daß ich aus der höheren Stille zurückkehren werde.

Der Nebel treibt bei Sonnenaufgang davon und läßt nur Tau auf den Feldern zurück, der aufsteigen, sich zu einer Wolke formen und dann als Regen herabfallen wird.

Nicht unähnlich diesem Nebel bin ich gewesen.

In der Stille der Nacht bin ich durch eure Straßen gegangen, und mein Geist ist in eure Häuser eingetreten, eure Herzschläge waren in meinem Herzen, euer Atem streifte mein Gesicht, und ich kannte euch alle.

Ja, ich kannte eure Freude und euren Schmerz, und in eurem Schlaf waren eure Träume die meinen.

Und oftmals weilte ich unter euch wie ein See inmitten der Berge.

Ich spiegelte die Gipfel in euch und die sich neigenden Abhänge, und sogar die vorbeiziehenden Herden eurer Gedanken und Sehnsüchte.

Und zu meinem Schweigen gesellte sich das Lachen eurer Kinder in Rinnsalen und das Sehnen eurer jungen Leute in Flüssen.

Und als sie meine Tiefen erreichten, hörten die Rinnsale und Flüsse dennoch nicht auf zu singen.

Doch noch Süßeres als das Lachen und Höheres als das Sehnen kam zu mir.

Nämlich das Grenzenlose in euch, der größere Mensch, in dem ihr nur Zellen und Sehnen seid,

Er, in dessen Gesang all euer Singen und ein lautloses Pochen ist.

Nur in diesem übergroßen Menschen seid ihr selbst groß,

Und als ich ihn erblickte, sah ich euch und liebte euch.

Denn welche Entfernungen kann die Liebe überbrücken, die nicht in diesem gewaltigen Weltenraum sind?

Welche Visionen, welche Erwartungen und Mutmaßungen können sich höher aufschwingen als ihr Flug?

Wie eine gewaltige Eiche, mit Apfelblüten bedeckt, ist der größere Mensch in euch.

Seine Stärke bindet euch an die Erde, sein Duft erhebt euch in den Weltenraum, und in seiner Dauerhaftigkeit seid ihr unsterblich.

Man hat euch erzählt, gleich einer Kette wärt ihr so schwach wie euer schwächstes Glied.

Aber das ist nur die halbe Wahrheit. Ihr seid auch so stark wie das stärkste Glied unter euch.

Euch an eurer geringsten Tat zu messen hieße, die Macht des Ozeans an der Vergänglichkeit seiner Gischt zu berechnen.

Euch nach euren Fehlschlägen zu beurteilen hieße, den Jahreszeiten ihre Wechselhaftigkeit vorzuwerfen.

Ja, ihr seid wie der Ozean,

Und wenngleich an euren Ufern Schiffe fest verankert auf die Flut warten, vermögt ihr doch gleich dem Ozean die Gezeiten nicht zu beschleunigen.

Auch wie die Jahreszeiten seid ihr,

Und obwohl ihr im Winter euren Frühling leugnet,

Lächelt der Frühling, der in euch ruht, nur verschlafen und ist nicht gekränkt.

Glaubt nicht, daß ich diese Dinge sagte, damit ihr untereinander sprecht: ›Er hat uns wohlgelobt. Er sah nur das Gute in uns.‹

Ich spreche nur in Worten aus, was ihr selbst in Gedanken wißt.

Und was ist Wissen in Worten mehr als ein Schatten der wortlosen Gewißheit?

Eure Gedanken und meine Worte sind Wellen aus einer versiegelten Erinnerung, die eure Vergangenheit bewahrt,

Und von den uralten Tagen, als die Erde weder uns noch sich selbst kannte,

Und von den Nächten, als die Erde in Verworrenheit und aufgewühlt war.

Weise Männer sind zu euch gekommen, um euch von ihrer Weisheit zu schenken. Ich kam, um von eurer Weisheit zu nehmen:

Und seht, ich habe gefunden, was größer ist als die Freiheit.

Einen flammenden Geist in euch, der sich nährt und wächst.

Während ihr es nicht bemerkt und das Dahinschwinden eurer Tage beklagt.

Es ist ein Leben auf der Suche nach sich selbst, in Körpern, die das Grab fürchten.

Hier gibt es keine Gräber.

Diese Berge und Ebenen sind wie eine Wiege und ein Sprungbrett.

Wenn ihr an dem Feld vorübergeht, in das ihr eure Vorfahren gelegt habt, dann schaut gut hin, und ihr werdet euch und eure Kinder Hand in Hand tanzen sehen.

Wahrhaftig, oft seid ihr vergnügt, ohne es zu wissen.

Andere sind zu euch gekommen, denen ihr für goldene Verheißungen auf Treu und Glauben Reichtümer, Macht und Ruhm geschenkt habt.

Ich habe euch weniger als ein Versprechen gegeben, und doch seid ihr großzügiger zu mir gewesen.

Ihr gabt mir einen tieferen Durst nach dem Leben.

Gewiß kann kein Geschenk an einen Menschen größer sein als das, was all seine Ziele in brennende Lippen und alles Leben in einen Brunnen verwandelt.

Und hierin liegt meine Ehre und mein Lohn –

Daß ich, wann immer ich zum Trinken an den Brunnen komme, das lebendige Wasser selbst durstig finde;

Und es trinkt mich, während ich es trinke.

Manche von euch hielten mich für stolz und übermäßig schüchtern, weil ich keine Gaben nahm.

Zu stolz bin ich tatsächlich, um Lohn anzunehmen, nicht aber Geschenke.

Und obwohl ich Beeren in den Hügeln gegessen

habe, als ihr mich gern an euren Tisch geladen hättet,

Und in der Vorhalle des Tempels geschlafen, als ihr mir mit Freuden Obdach gewährt hättet –

War es nicht dennoch eure zärtliche Sorge um meine Tage und Nächte, die meinem Mund die Speisen süß schmecken ließ und meinen Schlaf mit Traumbildern säumte?

Für dies hier segne ich euch am meisten:

Ihr gebt viel und wißt nicht, daß ihr überhaupt gebt.

Wahrhaftig, die Freundlichkeit, die sich selbst im Spiegel betrachtet, verwandelt sich zu Stein,

Und eine gute Tat, die sich selbst mit wohlwollenden Worten rühmt, bringt einen Fluch hervor.

Und manche von euch haben mich unnahbar genannt, und trunken von meiner Einsamkeit,

Und ihr sagtet: ›Er hält Rat mit den Bäumen des Waldes, aber nicht mit den Menschen.

Er sitzt allein auf den Gipfeln der Hügel und sieht auf unsere Stadt herab.‹

Wahr ist, daß ich die Hügel erstiegen habe und entlegene Orte gesucht habe.

Denn wie hätte ich euch sehen sollen, wenn nicht aus großer Höhe oder weiter Entfernung?

Wie kann man nahe sein, wenn man nicht fern ist?

Und andere von euch riefen mich an, wenn auch nicht in Worten, und sagten:

›Fremder, Fremder, der du die unerreichbaren Höhen liebst, warum wohnst du unter den Gipfeln, wo Adler ihre Horste errichten?

Warum suchst du das Unerreichbare?

Welche Stürme willst du in deinem Netz fangen,

Und welche Wolkenvögel jagst du am Himmel?

Komm und sei einer von uns.

Steig herab und stille deinen Hunger mit unserem Brot und deinen Durst mit unserem Wein.‹

In der Einsamkeit ihrer Seelen sprachen sie.

Aber wäre ihre Einsamkeit tiefer gewesen, hätten sie gewußt, daß ich nur das Geheimnis eurer Freude und eures Schmerzes suchte,

Und nur euer höheres Selbst jagte, das den Himmel streift.

Aber der Jäger war auch ein Gejagter;

Viele Pfeile verließen meinen Bogen nur, um meine eigene Brust zu suchen.

Und der Fliegende war auch ein Kriechender.

Denn wenn meine Flügel sich in der Sonne ausbreiteten, warfen sie auf die Erde den Schatten einer Schildkröte.

Und der Gläubige war zugleich ein Zweifler.

Denn oft habe ich meinen Finger in die eigene Wunde gelegt, auf daß ich größeren Glauben an euch und größeres Wissen über euch erlangte.

Und mit diesem Glauben und diesem Wissen versichere ich euch:

Ihr seid weder in eurem Körper gefangen, noch gefesselt an Häuser oder Felder.

Das, was euer Selbst ist, wohnt über den Bergen und wandert mit dem Wind.

Es ist kein Wesen, das die Sonne sucht, um der Wärme willen, oder Löcher in die Dunkelheit gräbt um des Schutzes willen,

Sondern etwas Freies, ein Geist, der die Erde umfaßt und sich im Weltenraum bewegt.

Wenn diese Worte euch unklar erscheinen, versucht nicht, sie zu klären.

Verschwommen und nebelhaft ist der Beginn aller Dinge, jedoch nicht ihr Ende,

Und ich möchte, daß ihr euch an mich als einen Beginn erinnert.

Das Leben und alles Lebendige wird im Nebel und nicht im Kristall empfangen.

Aber wer kann schon sagen, ob ein Kristall nicht ein sich zersetzender Nebel ist?

Ich möchte, daß ihr dies erinnert, wenn ihr an mich denkt:

Das, was als das Schwächste und Verwirrteste in euch erscheint, ist das Stärkste und Entschlossenste.

Ist es nicht euer Atem, der das Gerüst eurer Knochen fügte und härtete?

Und hat nicht ein Traum, von dem keiner von euch mehr weiß, eure Stadt erbaut und alles geschaffen, was darin ist?

Könntet ihr nur die Gezeiten dieses Atems wahrnehmen, ihr würdet nichts anderes mehr sehen,

Und wenn ihr nur das Flüstern des Traums hören könntet, ihr würdet keinen anderen Laut hören.

Aber ihr seht nicht, noch hört ihr, und das ist gut.

Den Schleier, der eure Augen umwölkt, werden dieselben Hände anheben, die ihn webten,

Und der Lehm, der eure Ohren verstopft, wird

von denselben Fingern durchstochen, die ihn kneteten.

Und ihr sollt einst sehen.

Und ihr sollt einst hören.

Dennoch werdet ihr weder beklagen, die Blindheit gekannt zu haben, noch bedauern, taub gewesen zu sein.

Denn an diesem Tag werdet ihr den verborgenen Sinn in allen Dingen erkennen,

Und ihr werdet die Dunkelheit segnen, so wie ihr das Licht segnen würdet.«

Nachdem er all dies gesagt hatte, blickte er sich um, und er sah den Lotsen seines Schiffs, der am Steuer stand. Der schaute bald zu den vollen Segeln und bald in die Ferne.

Und er sprach:

»Geduldig, über Gebühr geduldig ist der Kapitän meines Schiffes.

Der Wind weht, und die Segel sind ruhelos,

Selbst das Ruder bittet um Anweisung.

Dennoch wartet mein Kapitän ruhig auf mein Verstummen.

Und meine Seeleute, die den Chor der See gehört haben, auch sie haben mir geduldig gelauscht.

Nun sollen sie nicht länger harren.

Ich bin bereit.

Der Strom hat das Meer erreicht, und einmal mehr zieht die große Mutter ihren Sohn an ihre Brust.

Lebt wohl, Menschen von Orfalis.

Dieser Tag ist zu Ende.

Er schließt sich um uns, wie die Teichrose sich um ihre eigene Mitte faltet.

Was uns hier gegeben wurde, wollen wir bewahren.

Und wenn es nicht genug ist, dann müssen wir noch einmal zusammenkommen und gemeinsam unsere Hände dem Spender entgegenstrecken.

Vergeßt nicht, daß ich zu euch zurückkehren werde.

Eine kurze Weile noch, und meine Sehnsucht wird Staub und Schaum für einen neuen Körper sammeln.

Eine kurze Weile noch, einen Augenblick der Ruhe auf dem Wind, und eine andere Frau wird mich gebären.

Lebt wohl, ihr und die Jugend, die ich mit euch verbracht habe.

Erst gestern sind wir uns im Traum begegnet.

Ihr habt in meiner Einsamkeit zu mir gesungen, und ich habe aus eurem Sehnen einen Turm hoch in den Himmel gebaut.

Aber nun ist der Schlaf vorbei, unser Traum ist vorüber, und es ist nicht länger Morgen.

Die Mittagsstunde ist angebrochen, unser Halbwachsein ist einem helleren Tag gewichen, und wir müssen scheiden.

Wenn wir uns im Abendschein der Erinnerung noch einmal begegnen, werden wir wieder miteinander sprechen, und ihr werdet mir ein tieferes Lied singen. Und sollten unsere Hände sich in einem anderen Traum begegnen, dann werden wir einen weiteren Turm in den Himmel bauen.«

Mit diesen Worten gab er den Seeleuten ein Zeichen, und sogleich lichteten sie den Anker, lösten die Leinen und glitten gen Osten.

Und ein Schrei erhob sich von den Menschen wie aus einem einzigen Herzen. Er stieg in die Abenddämmerung und wurde über die See hinausgetragen wie ein gewaltiger Fanfarenstoß.

Nur Almitra schwieg und sah dem Schiff nach, bis es im Nebel verschwunden war.

Und als das Volk sich zerstreut hatte, stand sie immer noch allein auf der Kaimauer und gedachte in ihrem Herzen seiner Worte:

»Eine kurze Weile noch, einen Augenblick der Ruhe auf dem Wind, und eine andere Frau wird mich gebären.«